ana & ANDREW

Bailando en el Carnaval

por Christine Platt
ilustrado por Sharon Sordo

Calico Kid

An Imprint of Magic Wagon
abdobooks.com

Sobre la autora

Christine A. Platt es una autora y una académica de la historia africana y afroamericana. Una querida narradora de la diáspora africana, Christine disfruta escribir ficción histórica y no ficción para lectores de todas las edades. Se puede aprender más acerca de su trabajo en christineaplatt.com.

Para Granny Pam, Grandpa Thom, Royce y Renae. —CP

Para Logan, Que su vida sea una fiesta emocionante, llena de alegría y libros. —SS

abdobooks.com

Published by Magic Wagon, a division of ABDO, PO Box 398166, Minneapolis, Minnesota 55439. Copyright © 2020 by Abdo Consulting Group, Inc. International copyrights reserved in all countries. No part of this book may be reproduced in any form without written permission from the publisher. Calico Kid™ is a trademark and logo of Magic Wagon.

Printed in the United States of America, North Mankato, Minnesota.
102019
012020

THIS BOOK CONTAINS RECYCLED MATERIALS

Written by Christine Platt
Translated by Brook Helen Thompson
Illustrated by Sharon Sordo
Edited by Tamara L. Britton
Art Directed by Candice Keimig
Translation Design by Pakou Moua

Library of Congress Control Number: 2019944699

Publisher's Cataloging-in-Publication Data

Names: Platt, Christine, author. | Sordo, Sharon, illustrator.
Title: Bailando en el Carnaval/ by Christine Platt; illustrated by Sharon Sordo.
Other title: Dancing at carnival. Spanish
Description: Minneapolis, Minnesota : Magic Wagon, 2020. | Series: Ana & Andrew
Summary: It's Spring Break! During Carnival, Ana & Andrew travel to visit their family on the island of Trinidad. They love watching the parade and dancing to the music. This year, they learn how their ancestors helped create the holiday!
Identifiers: ISBN 9781532137563 (lib. bdg.) | ISBN 9781644943632 (pbk.) | ISBN 9781532137761 (ebook)
Subjects: LCSH: Family vacations—Juvenile fiction. | Ancestry—Juvenile fiction. | Families—History—Juvenile fiction. | Trinidad and Tobago—History—Juvenile fiction. | Carnival—Juvenile fiction. | African American history—Juvenile fiction. | African American families—Juvenile fiction.
Classification: DDC [E]—dc23

Tabla de contenido

Capítulo 1

¡Tenemos correo!

Ana y Andrew revisaron el buzón de correos todos los días. Era una de sus tareas favoritas. Siempre había sobres para Papá y Mamá. Pero a veces, Ana y Andrew recibieron correo también. Les encantaba recibir tarjetas por sus cumpleaños y fiestas especiales.

Y cada primavera, tenían muchas ganas de recibir una carta de su primo, Michael, que vivía en Trinidad.

Un día, Ana y Andrew abrieron el buzón de correos y vieron una carta dirigida a ellos. Fue escrito con la letra de Michael.

—¡Tenemos correo! —Andrew hizo un baile-contoneo.

—¡Ábrelo! —Ana se rió.

Andrew abrió la carta con mucho cuidado y leyó la nota que había dentro:

Queridos Ana y Andrew,

¡Es tiempo del Carnaval!
Este año nuestros disfraces
son muy chistosos. ¡Espero
que les gusten!

¡Hasta pronto!

Su primo,
Michael

7

Cada Carnaval, Ana y Andrew visitaban a su familia en la isla de Trinidad donde había muchas playas y conchas. El Carnaval era una fiesta grande. Todos se vestían en disfraces que llamaba «*mas*», y bailaban con su familia y amigos.

Ana y Andrew miraron la carta y sonrieron. ¡No podían esperar a irse a Trinidad!

Capítulo 2

Hola, Trinidad

Ana y Andrew miraron por la ventana del avión.

—Mira todo esa agua —dijo Andrew—. ¡Es tan azul!

—Y es tan linda —Ana sonrió y levantó su muñequita, Sissy, así que podía mirar también.

—Ah, se siente bien estar de vuelta —Mamá se crió en Trinidad. Le encantaba mostrar a Ana y Andrew donde ella iba a la escuela y jugaba cuando era una niña.

—De verdad, el océano es hermoso.

—Papá le tomó la mano de Mamá.

Ana y Andrew desembarcaron del avión con sus padres. Entonces fueron al reclamo de equipaje para recoger sus maletas. Mientras recogían sus maletas, Ana y Andrew escucharon una risa familiar. Dieron la vuelta con entusiasmo.

—¡Primos! —se rió Michael—.
¿Cómo lo han pasao?

A Ana y Andrew, les encantaba
el acento de Michael. La gente en
Trinidad hablaba de manera diferente
que la gente en Washington, DC.
Toda la gente en Trinidad hablaba
como Mamá: cada palabra sonaba a
una canción.

—Es genial verte —Mamá abrazó a Michael—. Has crecido tan alto.

Michael se puso orgulloso.

—Gracias, Tanty.

Eso era lo que la gente en Trinidad llamaba a sus tías.

—Vamos a ver, ¿dónde está ese hermano mío? —Mamá miró alrededor del aeropuerto.

De repente, dos brazos fuertes levantó a Ana y Andrew.

—¡Tío Errol! —chillaron los dos.

Todos se abrazaron. Siempre se sentía bien estar con la familia.

Capítulo #3

Diversión en familia

Ana y Andrew disfrutaron jugando con Michael y sus amigos esa noche. Y los adultos disfrutaron pasando el tiempo con la nueva hermanita de Michael, Amada.

A la mañana siguiente, todos se fueron a la playa. Después de nadar en el océano, Ana y Andrew comieron una de sus comidas favoritas de la isla que se llamaban los dobles.

Les encantaba el sabor de frijoles
al curry envueltos en una masa dulce.
Después de nadar un poco más, todos
se fueron a casa para cenar.

—Estoy tan emocionada para el Carnaval —dijo Ana—. No puedo esperar a ver el desfile y bailar con la música.

—Sí, siempre es una gran celebración —dijo Papá—. Y tan colorido. Creo que le va a encantar a Sissy.

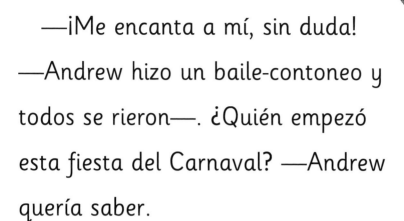

—¡Me encanta a mí, sin duda!
—Andrew hizo un baile-contoneo y
todos se rieron—. ¿Quién empezó
esta fiesta del Carnaval? —Andrew
quería saber.

—Es una muy buena pregunta
—dijo Tío Errol—. Déjenme contarles
cómo empezó todo.

Ana y Andrew se acercaron a Tío
Errol y escucharon.

—Hace muchos años, había esclavos en la isla de Trinidad, igual que había en América. Estos esclavos eran nuestros antepasados.

»Los dueños de esclavos solían tener fiestas grandes que se llamaban mascaradas, donde se vestían con disfraces. Pero nuestros antepasados no fueron permitidos asistir a las fiestas de los dueños de esclavos —explicaba Tío Errol.

—Tal vez los esclavos no querían ir a esas fiestas. —Ana pensó en lo que había aprendido en la escuela sobre la esclavitud. No podía imaginarse los esclavos y dueños en una fiesta juntos.

—Eso es posible —dijo Tío Errol—. Y quizás sea por eso que nuestros antepasados crearon su propia fiesta mascarada. ¡Carnaval!

—¡Ya sé! —gritó Andrew—. *Mas* es la forma corta de mascarada. ¡Por eso todos llevan disfraces!

—¡Eso es! —sonrió Tío Errol.

—Hablando de disfraces . . . —Tía Renee entró al salón llevando una caja grande. Ana y Andrew corrieron a ver lo que había dentro.

—¡Dios mío! —se rió Ana y sacó
una gran peluca verde. Andrew sacó
una nariz de goma roja y se la puso.

—Eso es —dijo Michael—. ¡Vamos
a ser payasos! —Había un disfraz
pequeño para su hermanita, Amada.
Y uno aún más pequeño para Sissy.

—Ahora, a la cama —dijo Papá —¡Mañana es el gran día!

Ana y Andrew apenas podían dormir porque estaban tan emocionados.

Capítulo #4
¡Tiempo de fiesta!

A la mañana siguiente todos desayunaron. Entonces era hora de disfrazarse.

Primero, se pusieron sus pantalones anchos, camisas y corbatines. Después, se pusieron sus pelucas coloridas. Ana no podía para de reírse de la peluca morada de Andrew. Entonces, todos se pusieron un par de grandes zapatos flojos.

—Nos vemos igual que los payasos —dijo Andrew.

—*¡Somos payasos!* —Michael puso narices rojas a Ana y Andrew. Los tres primos se miraron en el espejo y bailaron como payasos. Entonces salieron con sus padres para unirse al desfile.

Había tantos disfraces diferentes.
Algunas personas estaban disfrazadas
de murciélagos y dragones.

Otras estaban disfrazadas de
muñequitas. Y algunos hombres
estaban disfrazados de guerreros.

Muchas mujeres llevaban tocados hechos con rasgos coloridos que combinaban con sus disfraces.

Los niños tocaban tambores de acero y todos bailaban con la música.

—¡Oye, casi se me olvidó algo!
—Michael corrió a Andrew y puso
una corona encima de su cabeza.

—¿Qué es esto? —preguntó
Andrew.

—Pues claro, eres el Rey Payaso.
—Michael hizo una reverencia a
Andrew—. Eres el líder de nuestra
banda. ¡Y ahora, es tiempo de fiesta!

—¡Sí! —Andrew hizo un baile-contoneo y todos se rieron. Entonces siguieron a Andrew por la calle mientras bailaban y se preparaban para divertirse bailando en el Carnaval.